Par Paul Hay du Chastelet

ADVIS AVX ABSENS DE la Cour.

M. DC. XXXI.

ADVIS AUX absens de la Cour.

VOicy le bout de l'an, & de la renommée
De vostre belle armée;
La force & la Maison de ces braues Lorains
Est si foible de reins,
Qu'elle n'ose flatter le peuple dans la ruë,
Le monde n'est plus gruë:
L'vn des Chefs a mené ses gens de-là le Rhin,
Et l'autre pelerin,
S'en va dire aux Romains qu'vne seule barette
Luy fera voir Lorette,
Et que le Balafré s'il viuoit aujourd'huy
Seroit plus fou que luy.
Ces Messieurs retirez à la Cour de Bruxelles
Ont mangé leurs vaisselles,
Et tremblent au serein sous la legereté
De leurs habits d'esté.
Les perles d'Orient galopent la Holande
Afin que l'on les vende;
Et ceste belle Croix qui brilloit à Paris
Est en gage à bas prix.

Les Espagnols outrez qu'vne si grande troupe
Auale tant de soupe,
Et que les Reformez n'ont plus dequoy disner,
Se veulent mutiner.
Chanteloube feignit d'ensevelir sa gloire
Dans le sainct Oratoire;
Mais ce fantosme a veu que le temps est trop beau
Pour estre en ce tombeau.
Heritier d'vn bon pere il veut faire paroistre,
Abandonnant le Cloistre,
Qu'il aura comme luy le vice & la vertu
Dont il fut reuestu.
Il quitta son habit, ses vœux & sa banniere
Pour prendre vne Musniere,
Qui conceut au Bourg-Dieu du sang d'vn apostat
Ceste peste d'Estat.
Que d'estranges desseins! ô Dieu quelle farine
Se fait en sa poictrine;
Sa rage escraze tout, & son cœur mal-faisant
Est cruel & pesant:
Son visage caché sous vn masque seuere
Veut que l'on le reuere,
Et promet de tirer la Reyne de trauail
S'il a le gouuernail.
Nostre Amiral veut bien que toute ceste flotte
N'ait point d'autre Pilote.
Cét excellent Ministre a pris pour confident
Sainct Germain le Pedant.

C'est vn vray fanfaron de Chaire & d'Escriture,
Et Docteur en peinture,
Qui nous cõfirme assez par son nouueau discours,
Que l'on trouue tousiours,
Dans les subjets bannis hors de la Compagnie
Des excez de Manie :
Il mesprisa les vœux, & quitta les leçons,
Et non pas les garçons ;
Sa verge estoit par trop fascheuse à la jeunesse,
Qui dedans sa foiblesse.
Ne pouuoit endurer la meurtriere main
De ce Pere inhumain.
Il tasta si souuent les escoliers d'Auuergne,
S'ils n'auoient point de hairgne,
Que trop de charité d'vn tel Operateur
Déplent à son Recteur :
Tout ainsi que depuis ce vilain caudataire
Fut horrible au Dataire.
Qui creut qu'on ne pouuoit le mettre sans peché
Dedans vn Euesché :
Quoy qu'il ait déuoüé son ame à l'imposture,
Sa main pleine d'ordure
Ne fera point d'escrits qui ne soient impuissans
Contre les Innocens.
Et ce trauail aura la fin & le salaire
Du defunct Pere Hilaire.
Que de gens attrapez, que de foibles esprits
Se trouueront surpris !

Encore que Tilly n'eust point versé de larmes
Dessus ses vieilles armes,
Et quoy que le Saxon n'eust pas abandonné
Ceux qui l'ont couronné;
Que nous n'eussiõs point veu six mille barbes razes
Perir dedans les vases;
Que le superbe Duc des Chamois & des Ours
N'eust point finy ses jours,
Ou que son fils qui fut le portier d'Italie
Eust suiuy sa folie:
Puis que les Huguenots out perdu le credit,
Les plus sages ont dit
Que toute la vigueur du Baron de Feneste
Est dans le Manifeste;
Et que le Cardinal a moins de peur des fous
Que la Lune des loups.
C'est luy dont les conseils donnerent à la France
Plus que son esperance,
Et qui luy font gouster tant de gloire & de fruict
Que son temps a produict.
Alors qu'en seureté tout le monde sommeille
Sa preuoyance veille.
Et regardant l'Estat de l'vn à l'autre bout
Porte le faix de tout.
Adore qui voudra tant de vertus viuantes,
Mais les races suiuantes
En extreme peril ne demandront à Dieu
Qu'vn autre Richelieu:

Car elles n'auront plus de Roy comme le nostre,
Il n'en peut naistre d'autre,
Dont le cœur indompté mettent ses ennemis
Au poinct qu'il les a mis.
La fortune des Grecs oza-t'elle pretendre
Vn second Alexandre?
Rome n'eust qu'vn Cesar, & cét Empire icy
N'en aura qu'vn aussy.
Ces vaillans palefrois dont la troupe fameuse
Deuoit boire la Meuse.
N'oseroient secourir ce ieune Rodomont,
Ny partir de Blamont.
Que S. Maimain est doux, & qu'il fait bon en boire
Dessus le bord de Loire.
Gaston c'est trop couru, reuenez au logis
Tout droit à Montargis.
Et ne pretendez plus que l'Empire & l'Espagne
Puissent rien en Champagne:
Vous auez assez fait le Cheualier errant
Auecques Puylaurent.
O Mere des trois Roys, puissante Epiphanie
Pourquoy t'es-tu bannie?

www.ingramcontent.com/pod-product-compliance
Lightning Source LLC
LaVergne TN
LVHW012017170826
845678LV00004BA/1524

* 9 7 8 2 3 2 9 6 2 5 4 6 1 *